KB070962

나는 불이었고 한숨이었다

신준영

시인의 말

　오해와 이해 사이에서 만들어낸 불편한 문장들이 우리에게 무슨 의미가 있을까 싶지만, 내가 나를 오해하며 살아내듯 당신도 당신을 오해하며 견디길 바랍니다.

　내 안에 내가 없듯 당신 안에 당신이 없다는 걸 한 번은 말하고 싶었습니다.

2022년 여름

신준영

나는 불이었고 한숨이었다

차례

1부 칼을 삼킨 달

2부 심장에 걸린 방아쇠

3부 그때의 우리가 내려와 녹는 밤

4부 입속에 가둔 나비들이 날개를 펼쳐 놓는

1부
칼을 삼킨 달

까마귀가 사라진 풍경

하늘을 막 빠져나가는 까마귀, 소리를 토하고 가요
배설하고 가요 한 점 버리고 가는 몸은 가볍겠다 그래서
검게 빛나는 거겠다 버려진 소리들을 밑천으로 초록은
번식해요 씩씩하게 번져 가요 자웅 없는 영생이 밤낮 지
속되어요 아버지가 나를 버리고 가요 배설하고 가요 한
점 버리고 가는 몸은 무겁겠다 그래서 하얗게 부서지는
거겠다 버려진 이름을 파먹으며 나는 성장해요 철모르
고 나아가요 멋모르고 사랑해요 까마귀는 까막까막 울
다가 까맣게 잊혀요 아버지 누운 병풍 뒤로 어어, 까마
귀 건너가요 누가 막 따라가요

아무것도 모르는 것처럼

옆구리를 스쳐 간 두 개의 칼자국이 좋아

우리 중에 나만 아는 폐허
나만 만질 수 있는 어둠이 좋아

두 자루의 손목이 지나간 피의 길을 따라가

밤의 허리를 관통한 침묵의 총성이 좋아

우리 중에 나만 아는 골짜기
나만 통과할 수 있는 응달의 미래가 좋아

두 그루의 연필이 자라는 벼랑의 잠을 좇아가

우리들의 뾰족함이 밤의 귓불을 찢고
진주처럼 박히면 어쩌나

아무것도 모르는 것처럼

아무것도 아닌 것처럼

살아

발부터 젖는다 너를
생각하면

구름 스캔들

나는 발명가이며 조련사다 오늘까지 일만육천삼백
스물여섯 개의 감정을 발명했고 이것으로 매일 나를 길
들여 왔다 어둠을 응시하는 백만 개의 눈동자였고 목
에 걸린 방울이었으며 잠 속까지 좇아오는 그림자였다
나는 불이었고 연기였고 한숨이었는데 이것들을 소화
하며 마침내 괴물에 이르렀다 이 흉측하고 아름다운 것
을 내가 낳았구나 이것은 자각몽이 아니다 밤에 낳은
부끄러운 감정의 얼룩들을 닦아내는 아침의 거울 속도
아니다 직립의 기억을 버린 나무는 물속을 유영하고 물
을 버린 물고기는 산을 오른다 오늘까지 발명된 감정들
은 밤새 뒤척이며 지상에 떨어뜨릴 기억의 각질 내 안에
서 방목한 당신이 나를 삼키면 나는 당신으로부터 다시
태어나는 배설물 이 흉측하고 아름다운 것을 내가 또
낳는구나 당신을 버린 나는 신나서 꽃처럼 뭉게뭉게 피
어나 마침내 내가 나를

동광육거리*

나는 나를 모르는 사람
돌아간 곳으로부터 와서 다시
돌아가야 할 길 위에 있습니까

일요일의 식당들은 문을 닫고
내가 없는 헛묘 속 나처럼
원 안에 갇힌 채 허기가 집니다

나는 어디로부터 와서 언제로 가야 할까요
나는 왜 하필 그날의 나일까요

이 거리에 있다 보면
당신은 뭘 자꾸 주려 하는 사람이지만

그렇다고 관계가, 우리가 크게 달라지지는 않을 테죠

나는 나를 연구하는 사람
그날의 눈—물—바람

모두 기억합니다
여기 기록합니다

춥습니다

목이 잘린 채 마당을 달려 나가는 닭을 본 어린 날
닭은 지저귀지 않고 운다고 한 이유를 알았죠
버리고 온 집에 남겨진 그 새벽의 닭이 다시 울어도

깨지 않아요 나는
이제 잠들지 않는 사람이 되었습니다

내가 뱉고 내가 거두는 한숨
나를 버리고 나를 부리는 숨 안에서

원을 돕니다

알 수 없는 곳으로부터 뜨거운 것들은 와서

뜨거운 것에 숨을 불며 아득해지는 여기일 테지만

춥습니다

바람은 꽃잎에 멍을 새기며 피어납니다

시간의 공터를 빌려 마음의 진물을 다리는 일이
나의 여태라서 다시

길을 잃습니다
춥습니다

* 서귀포시 안덕면 동광육거리 주변은 제주 4·3의 상흔이 곳곳에
남아 있는 곳으로, 동광육거리는 제주에서도 유난히 추운 지역이라
고 한다.

비문

눈 안으로 휙 날아드는 것이 있었다

안과 의사는 눈을 샅샅이 헤집고는
그것의 위치와 모양까지 정확히 짚어냈다

치료 방법이 따로 있는 것은 아니므로
익숙해지라는 처방을 받았다

한 사람이 잠시 다녀갔을 뿐인데
몸 안으로 와락 날아드는 것이 있었다

바다를 도려낸 물방울 같은
칼을 삼킨 달 같은

누구를 찾아가 마음을 헤집어 보여야 할지 몰라

飛文
秘文

碑文

새겨 보았다

씨앗 하나가 날아와 심장에 꽂히는 일
그것은 균열을 준비하는 일

문장의 일이었다

소금 창고

이곳은 들어오는 문과 나가는 문이 하나

할 말이 남은 사람들이 손가락 사이로
오늘의 기분을 흘려보내는 곳

한때는 거대한 소금 창고였다고 하죠
볕과 바람으로 단단해진 물의 멍울들이 머물던 곳

아홉 개의 정거장을 지나 열두 개의 신호등을 건너
헤어진 사람과 다시 헤어지러 오는 길

나를 통과한 풍경 어느 것도
내 것이 아닌 걸 알게 되죠

앞문으로 들어온 사람들은 내릴 곳이 가까워 오면
뒷문을 신경 쓰죠

오를 때와 내릴 때를 정확히 아는 사람이 되려 했어요

몸짓이 남았으나 속눈썹 사이로
내일의 마음을 흘려보낼 뿐

반짝이지 않는 언어와 불친절한 허밍들이 오가도 나
는
상처받지 않아요

들어올 때 이미 나가는 문을 지나왔죠

거리

야외 식당에서 느릿느릿 음식을 먹었다

나는 느린 사람이 아닌데

음식을 포장해 달라고 했다

돌아가 나눠 먹을 사람이 있는 것처럼

낯설지 않은 얼굴들이 보였으므로

우리가 일행인가 생각했다

나는 그들을 모르면서

사람들이 사라진 방향으로 걸어가고 있다

한 방향으로 오래 걷는 연습을 한다

막다른 골목에서 스러지는 바람의 살

맨홀 속으로 무너지는 물의 뼈

이 거리는 애도의 거리다

돌아왔다는 사람의 소문은 없다

옆을 비워 두고 걷는 습관이 있다

내 몸속으로 들어와 사라진 사람의 좋았던 한때를

폐업한 가게의 간판처럼 걸어 두고 있다

루틴

이 방은 뚜껑 없는 무덤
열린 얼굴들이 잠들어 있다
잠은 유랑의 이름과 풍경들을 데려와
속눈썹 귓바퀴에 비명을 새긴다
이 무덤의 주인은 누구였나
파묘 당한 측근들이 줄줄이 끌려갔다
아이와 노인이 다녀간 날도 있었다
발갛게 언 볼을 하고
겨울 전장에 혼자 서 있던 아이
저 아이의 엄마가 나인가요 엄마인가요
망연할 때
까맣게 쪽진 노인이 무덤에서 일어나
저 아이는 내 아이다, 일러 주었다
우리가 치른 결전의 날도 기억한다
불이 와서 물을 삼킨 자리에
복통의 그리움이 남는 것을 보았다
허기를 해결한 맹수가 마침내
제 뱃속의 짐승을 그리워하듯

당신은 전생의 근심으로 실을 자아
내일의 꿈을 짜는 근면한 노동자
당신의 잠은 방해받지 않아야 한다
무덤을 나서면
어제 버린 돌의 흰 심장이 따라온다

비명이 없는 세계

자작나무에 박힌 눈동자가
나를 관통하고 있다

정오에서 정오까지

타인의 점괘를 읽으며
병을 앓는 사람처럼

조용히 스스로를 태우고 있다

전복하며 빛나는 이파리들의 연대처럼
중심을 배반하며 나무는 성장한다

자정에서 자정까지

당신을 찢으며 내가 태어난 자리마다
흉터는 피어나

사타구니에 가위를 꽂고도
비명조차 없던 사람

피를 문 태양은 침묵의 미덕으로 눈부시다

난립하는 기호들 속에서도
우리는 언제나 말이 없다

블라디보스토크

우수리스크 호텔방에서 가위에 눌렸다 거울이 없는
좁은 객실엔 낡은 싱글 침대가 둘, 침대에 눕자 튀어나
온 스프링들이 물 밖으로 던져진 물고기가 되어 필사적
으로 파닥였다 안내인은 배수 시설이 없는 욕실 바닥에
관하여 몇 번이나 주의를 주었다 나는 밤새 물속에 잠
긴 신발이 되어 언제 이 물을 다 걸어서 어항이 있는 집
으로 돌아가나 생각했다

아이러니야 부동항 앞에서 얼어붙다니
저 바다는 배수 시설이 없어
채우기만 하고 쏟아낼 데가 없는
삶 같은 거

강제 이주가 시작되었던 라즈돌리노예역 앞 벤치에
앉아 맨발을 주무르던 걸인과 눈이 마주쳤다 너희들이
온 곳을 알고 있다 갈 곳도 안다는 듯 동요가 없는 눈, 팔
십 년 전에도 저 자리에서 우리를 주시하던 바로 그 눈
이다 그때 나는 푸른 비늘을 가진 소년이었다 울컥함이

오려 할 때 비린 바람 냄새를 먼저 보내오듯 소금기를 앞
세운 열차가 들어오고 있다 여기서부터 40일을 짐승인
채로 짐짝인 채로 화물차에 실려 가야 한다 살아서 혹
은 죽어서 알 수 없는 곳에 하역되리라

　　해빙기의 얼음 속 박제된 전생을 보다니
　　그런데 이상하지
　　저 바다는 채우기만 하는데
　　넘친 적도 없다는 거

시

용하다는 점집 앞을 지날 때면
오랜 병을 앓는 사람처럼
나를 다 들키고 싶어 열이 오릅니다

당신은 기묘한 표정으로 혀를 차고
전부는 발설되지 않는 점괘에 귀를 기울이면서
낫지 않는 병을 흉봅니다

점괘를 읽어내며
뼈마디에 불이 켜지는 당신을
고쳐 읽어도 봅니다

나의 전생을 살피느라
당신이 자리를 비우는 사이
당신의 여기를 들추고 싶어
끓는 몸입니다

지붕 위 댓잎처럼 떨다가

날 선 작두 위를 걸어가는
맨발입니다

미래에서 도착하는 열차의 목을 비틀어
새벽을 돌려세우려는
나입니다

마음의 육체를 어디에 묻어야 할까요

살려는 자와 살지 못하겠다는 자
두 개의 심장에 새기는
문신입니다

미조迷鳥

없는 사람의 방에 켜진 등처럼
허공에 붙들린 빛들은 뿌리가 깊다

계단을 오르다가 길을 잃은
눈이 붉은 새야

날과 숨으로 쌓은 둥지였는데
너는 없고

공깃돌 같은 물음만 남은
작은 방이었구나

품는다는 건
천 겹의 문을 닫고 들어와

닫아걸어야 할 한 개의 문을
남겨 두는 거였는데

품기를 포기한 새의 심정도
남겨진 알의 심정도

모두 알 거 같아
곤란한 마음이고

너는 또 어디로 가서
여기를 올까 싶은 것인데

같이 갈 수 없다 했다

길을 놓친 새들만 출입하는 방이 있어

문을 열어 두겠다는 말을
끝내 나에게는 하지 않는 사람

부산역

　원탁에 둘러앉아 죽은 사촌이 주는 한 끼를 술도 없
이 다 받아먹었다
　이따금 장례 미사곡이 흘러나와 슬픔의 비린내를 심
해로부터 이끌어 왔다
　고래 울음 같은 소리로 누군가 사촌의 이름을 오래
부르다 갔다

　새벽 기차를 기다리며 부산역 대합실 의자에 앉아
있다
　한 무리의 젊은이들이 이국의 언어로 떠들어대고
　나는 그들의 국적을 짐작하는 대신
　죽음 뒤에 얻게 되는 낯선 국적에 관하여 생각해 본
다

　휴게실엔 가방을 베고 누운 여행자들이 섞여 잠들어
있다
　머리와 등과 발을 동시에 바닥에 붙이는 일의 경건함
　누운 자는 벗어 놓은 신발을 다시 신을 수 있는 자와

맨발인 자가 되어 자리를 떠나간다

머리와 등과 발을 동시에 바닥에 붙이고 사촌이 죽었
다

화장실을 나오며 선명하게 적힌 창고, 두 글자 앞에
선다

창고라 읽고 내보이고 싶지 않은 궁리라 해석한다

발권된 티켓의 좌석들이 빛과 어둠을 통과해 커튼을
단 채 오고 있다

자물쇠를 단 창고를 칸칸이 꿰고

기면嗜眠의 시간 속으로 기차는 온다

등골을 뽑아 들고

등뼈들이 일어나 울기 시작했다

함석지붕으로 투신해 오는 빗소리를 찾아가자
이것은 오늘 우리가 발명해낸 새로운 신앙

숯불에 올린 석쇠 위로 초벌구이 곰장어가 눕는다

왕소금을 뒤집어쓴 채 한껏 쪼그라든 생애들을 벌여
놓고
원탁을 둘러싼 웅크린 등들이 빗소리 경전을 읊는
밤

등골은 곰장어 맛의 궁극
이 종교의 교리가 은밀하게 복음 되는 순간이다

함석지붕 위로는 퇴로를 갖지 않는 맹렬한 빗줄기들

등골을 뽑아 들고 당신에게로

투신을 골몰하던 날들이 있었으나

관계란 바람에 기록된 물의 이름일 뿐이어서
빗속에서 나는 오래 등이 아프다

물의 비명이 멍으로 번지는 밤

바람의 척수들이
물의 살갗을 통과하고 있다

2부
심장에 걸린 방아쇠

매심사 梅心舍*

사지를 갈라 공중에 흩어 놓는 구름 같은

묘혈을 파고 누운 겨울나무 뿌리 같은

혀 위에 한 채의 사람을 짓고

꽃 따라 바람 따라 다녀가는 이것을

전생에 두고 온 나머지 심장이라 한다

*매화의 마음을 닮은 사람이 사는 집.

거울

파괴의 순번을 기다리는 빛처럼
너는 철저히 눈부시다

기억의 숲에 버려진 흐린 거울 속으로
들어가면
무성해지는 슬픔

풍경은 기억을 구타한다

긋다가 멈춰 버린
손금처럼

영정 속 빛은 완고히
환해서

너를 보려 하면 나를 보여 주는
부조리

흐린 미래를 닦아내느라
마음을 다 써 버린
난시의 계절에는

부호 없는 문자들이
손톱 아래 검은 이끼로
발설되곤 한다

다락

숨죽이며 별빛을 끌어들이던
밤의 비밀 통로

붙박여 우는 나무와 바람의 관계를
관음하며 깊어 가는
홀hole

뼈로 쌓은 탑 위로
던져 올린 동전이
반짝

빛날 때

마침내 열리는
공중
정원

한 바닥이

한 바닥에게
조심조심

밀리던

콜라

질문이 생겨나자
콜라는 골몰했고
콜라는 진동했다

당신의 일거수일투족에 반응하는 나는
병 속의 콜라가 되기로 결심했다

당신에 관해서라면
머리부터 발끝까지 거품 무는 콜라

콜라를 흔드는 것은 나의 일이 아닌 일
당신을 핑계했지만

나는 자폭할 줄 아는 콜라

귀신장鬼神章*을 펼쳐 읽는 새벽
내 사랑이 넘친 건 나의 기운 탓이라 배우죠

당신에겐 정령이 되지 못한 채
음으로 양으로 떠돌다 허공중에
흩어지는

그러나 당신에 관해서라면 무덤까지
침묵할 줄 아는 콜라

침전하는 질문들을 담고
유리병 속 시간을 달려요

*중용 20장.

귤

잎사귀 하나가 비밀스럽게 왔다
쪼개진 마음을 감싸 쥐고 부르르 떠는

심장에 걸린 방아쇠로 왔다

당신이 보낸 지령을 해독하느라
하루가 출렁였다

겨울 바다를 건너온 섬 하나가
내 손바닥 위에 있다

살아 펄펄 뛰던 파도가 멈추었으므로
내 사랑은 죽음의 측근

죽음 바깥에 용서의 미신이 있다

나는 나에게로 망명하는 사람

처음 결심한 마음으로 죽기를 작정한 빛들이
손바닥 위에서 다투어 자결한다

손바닥을 펼치면
하나의 심장 안에 마음이 여럿이었다

서늘

예감이 와서 등이 서늘할 때
현상이 되려 할 때

예지와 망상 사이
우리의 미래가 있다

그것은 양극의 모습을 하고
비스듬하다

식물의 낯빛과 짐승의 뒤통수를 가졌으므로
설레고
두려운

증명되지 않는 과거와 습득된 미래를
양손에 쥐고
경회루 공중누각에 등을 누인다

저물어 남은 일은

식어 가는 나의 체온을 내가
지켜보는 일

등 아래
바람의 시간과
돌의 시간과
물의 시간이
오갔으므로

알 수 없는 빛의 형장으로 나는 밀려나리

각인된 과거를 형벌로 받은 자와
소멸될 미래를 선물로 받은 자 사이

인기척이 있고
배가 떠돈다

잎들이 반짝이다 사라진다

소리의 장례

귀는 소리들의 장지葬地
모든 소리는 내 귓속으로 와서 죽는다

지금은 벌들이 나는 때

투명 망토를 걸친 벌들이 일제히 날아오르면
귓속에 불을 질러

알몸으로 추락한 벌들은 불탄 날개를 덮고 떨며 잠들
지

아직은 밤의 개가 짖는 시간

출처를 의심받는 그림자들이 뒤꿈치를 들고 월담할
때
귓속 개는 불온한 제 그림자를 향해 거품을 물지

나는 하나의 측백나무처럼 납작해진 마음이 되었다

가

　탱자나무 하얀 꽃에 입술을 베이지

　소생술 없이 깨어나는 변방의 소리들

　발각될 수 없는 말들로 귀를 앓는다

문

전생을 바람에 묶은 채
벼랑에 매달린 남자가 귀를 뜯고 있다

사람 몸에서 가장 나중까지 살아 있는 게 귀라는 거
알아?
귀를 죽여야 마음이 사는 건데

그래서 남자는 그 많은 귀들을 자르러 다니는지 모른
다

저 문을 어떻게 할까요
못이었다가
숟가락이었다가
신이 된

너덜해진 입술
발자국
비행들이

쏟아진다

언어의 뭉치들이 창에 내리고
창은 수척해진 감정으로 구름을 읽는다

불온한 말의 항목을 다 헤아려도
손가락이 남는 참담함으로

못을 뽑아낸 자리에 숟가락이 성장하는 일

신이 아낀 말 중 가장 나중 말이 당신에 가깝다는 걸
나만은 알아듣지 못했으면 한다

내가 발설하고 내가 수습하는
혀 아래의
고요

회복실

수술실에서 나온 집도의가 당신 몸에서 적출한 거라
며
얼굴 하나를 가져왔다
당신이 오래도록 비밀로 키워 왔을
당신의 당신이었다
뒤집힌 풀잎처럼 분개하다가
그을린 나무처럼 깜깜하다가
위독한 짐승처럼 얌전해져서
나를 삼키러 누가 오려는가
문을 열었다
나로 인해서만 한사코 소멸할 나여서
첫 담배의 기억처럼 오래 머금기만 하고
삼키지도 뱉지도 못하는 사랑
항문으로 먹고 입으로 배설하는 사랑의 방식*에
숙달되지 못해 오래 배를 앓는다
내 안의 짐승은 날마다 살이 오르고
비명 없이 소문 없이 나는
황폐할 것이다

소리 없는 티브이를 켜 두고 당신의 당신과 나는
복도의 밤을 함께 난다
화면 속 정글은 판타지다
밖으로 나와 눈 코 입이 없는 얼굴을
사이좋게 나눠 피운다

* 이성복, 『아포리즘』(문학동네, 2016) "입으로 먹고 항문으로 배설
하는 것은 생리이며…"를 차용함.

우리들의 실패*

무너지는 양곡정미소 담벼락에 붙은
주차금지 지붕붕괴 위험
경고문을 읽었다

죽은 사람들의 전화번호를 지우고
나는 무너지는 사람입니다
나를 경고했다

한낮의 숲처럼 다정한
아침의 돌처럼 서늘한
알 수 없는 입술이 찾아왔다

그 앞에 쪼그리고 앉아
밤에 쓸 연필을 깎았다

오늘의 꽃을 꺾던 손과
내년의 꽃씨를 말리던 손을
동시에 씻었다

문밖에 내놓은 의자 위로
마른손이 한 장 더 쌓였다

* 모리타도지(森田童子)의 곡 〈우리들의 실패(僕たちの失敗)〉를
차용함.

사선

국도를 건너가는 짝 없는 신발들의 출처를 의심해
한밤의 비명 대낮의 결기를 기억해

빈집 비탈의 부추꽃이 혼자서 피었다 질 때
흔들림 없는 두 귀를 후회해

나를 빗금 긋고 지나간 당신은 나의 반대편

돌아선 계절이 다시 오려 할 때
내려앉은 새가 노래를 버리고 솟구쳐 오를 때

상현의 상기된 낯빛과
하현의 신음을 낱낱이 고백해

사선을 그으며 추락하는 별똥별의 죽음
그 끝과 시작을 수집해

바닥을 굴리며 시소를 타는

우리들

압화

붉은 대문 앞에서

꽃 지기를 기다린다

아무도 나를 선동하지 않아서

내가 내 뺨을 갈기고 싶을 때

아무도 내게 말 걸지 않아서

내가 내 귀를 자르고 싶을 때

질문들의 퇴장 없이

정답들은 서둘러 입장한다

내 안의 낯선 심장을 더듬어 보는

검은 스펀지의 밤

박제된 식물의 마지막 오르가슴으로

휘발하는

폭죽

Get Out*

앓는 식물들의 잎을 모두 떼어냈다
혹한이었다
함부로 눈길 주지 않았다

관계없다는 말은 물길을 끊었다는 말
이제 우리, 관계 않는 사람들

찻잔을 두드리는 스푼의 기억에서
침잠의 방에 떨어진 짐승의 기억에서

걸어 나옵니다 눈을 뜹니다

눈떠서 다행인 나와
눈떠짐이 두려운 당신은 동명이다

나를 다 걸어 나간 당신이
화면 속에서 초록 소파를 감상하는 동안

초록 소파는 전족을 한 전생의 기억으로
환상통을 앓는다

잎들의 안부를 떠올리자
서둘러 끓는 물길

찻잔을 두드리는 스푼 소리

나는 천형의 귀를 가졌다

* Jordan Peele 감독의 영화 〈Get Out〉의 이미지를 차용함.

무거웠고 가벼웠던

어제 떠난 사람의 부음과
오늘 도착한 사람의 소식이 함께 왔다
불의 날을 지나 물의 날을 건너
사람은 가고 사람은 온다

겨울 빈 들에서 보았다
강둑에 즐비하던 시무나무며
느티나무 아래 글 읽던 노인과
아이들이 사라진 옛 마을 자리엔
기억을 버리고 온 새들과 바람이
일가를 이루며 살고 있었다

눈 맑은 형제들이 멱 감고
참외 서리하던 그 강변과 들녘에
시차를 두고 오래 서 보았다

새들이 거처를 옮겨 가며 기록하는 언어와
억새밭에 둥지를 튼 바람의 문자를

구분하기 어려웠다

넘기지 못한 한 장의 달력을
강 저편에 걸어 두고 왔다

3부

그때의 우리가 내려와 녹는 밤

장마가 오면 공기를 던지며 놀아요

돌부리에 걸려 넘어진 구름이 주저앉아 웁니다 내가
던져 올린 공기입니다 장마가 와서 공기를 던졌는지 공
기를 던져서 장마가 왔는지 알 수 없으나 새가 와서 손
바닥을 쪼았으므로 저마다의 길들은 생겨났습니다 둥
지를 건설하던 새가 얼음을 물고 날아간 뒤 젖은 바지
속엔 각성이 무성합니다 물로 지은 계절의 모퉁이를 접
으면 얼룩질까요 무늬질까요 아침에 개어 올린 꽃잎이
저녁이 되어도 내려오지 않는 날엔 왼손 오른손 번갈아
밀린 일기를 씁니다 왼손으로 글씨를 쓰면 새로 태어나
는 기분이 들어서 좋습니다 일기를 다 적고 흥건해진 손
바닥을 펼치면 예보를 놓친 내가 쏟아집니다 쏟아지는
일은 오해와 이해의 교집합에 속합니다 새가 물고 간 얼
음이 녹는 동안 저질러지지 않은 일들로 공중은 예민하
고 바람은 쓸쓸합니다

젖은 바지를 벗으면 어리고 단단한 빛들은 태어납니
다

에이프런

사슴의 머리에 뿌리를 박고 나무는 생각하죠
나무의 몸에서 기생해 온 사슴의 머리통을

여기는 오래된 솔숲을 배경으로 태어난 신생 공원
자라지 않도록 설계된 울타리들 사이
소나무는 생장이 지겹죠

푯말들은 낡은 주술을 외고
벤치는 예배당을 본 적 없으므로 기도를 몰라요

울타리 밖 쥐똥나무
아래 그림자
아래 나부끼는
Bunny

Bunny는 나부끼는 줄도 모르고 나부끼려는 Bunny죠
　Bunny를 조준해 날아오는 돌멩이가 있기 전부터
Bunny는

돌멩이는 쫓는 자가 되어 오죠
쫓기는 자는 쫓는 자들의 선두에 있어요

나무의 발등에 박혀 사슴은 골몰합니다
사슴의 뇌관에 뿌리내린 나무의 혀를

Bunny는 하얀 에이프런을 풀어 생장이 지겨운 소나
무 가지에 걸어 두고
　소풍에서 돌아오는 가벼워진 가방을 마중하러 갑니
다

에이프런은 권태를 모르고 묶여 있던 Bunny죠
Bunny는 이제 예쁘다는 말이 가장
역겹습니다

점묘

가닥가닥 땋인 채 산길에 남겨진 각시풀처럼
누가 풀어 주기 전에는 풀리지 않는 마음이 있다

어느 날 홀연히 사라지는 사람은
완벽히 사라지는 것은 아니어서

자다 깨어 혼잣말하는 사람 곁에
계단참에 문득 멈춰 서는 사람 곁에

점으로 총총하다

처음부터 낯설지 않은 별들이 있다

그것은 도시국가의 관광지에서 스쳤던
히잡 쓴 소녀들의 것이거나

계란과 청경채를 사들고 집으로 돌아가던
대륙의 키 큰 노인의 것일 수도 있다

놓아주기 전에는 놓여나지 않는
손목 같은 것이 있어

어느 날 문득 사라지는 사람은
공공연한 음모로

별자리마다 비밀을 키운다

바람 부는 날 자전거 타기

복제한 마스터키 열 개 중 세 개가 불량이라고 분노했
지만
열쇠에게 자기복제를 강제하는 건 불합리다

열쇠를 꽂은 채 피 흘리는 심장들을 헤아려 보면
어쩌다 한 번 찰칵, 하고 열리는 심장은 얼마나 선량
한가

방향이 결정된 채로 태어나서 죽은 나침반 바늘을
애도하다가
그물에 갇힌 지난밤 꿈속 극지의 태풍을 떠올렸다

태풍은 날마다 거대해져서 마침내
그물을 다 빠져나갈 테지만

살아 있음을 말하는 사람이 죽음 측근인 것처럼
사랑의 폐기를 각오하며 갱생을 돌본다

열쇠 가게 문이 열리고 한 사람이 들어왔다

그는 자전거를 타고 왔다

이렇게 바람 많은 날 어쩌자고 하필이면
은빛 자전거인가

흑백 화분

소멸을 학습한 적 없습니다
퇴화 없이 진화하는 이것은 분석을 거부합니다
첨단을 향해 나아가는 이 감정의 발명가는 나입니까

대륙의 북쪽 오래된 도시 속으로
검은 바지의 노파가 흘러갑니다
양손에 화려한 꽃이 담긴 화분을 들고
금방이라도 생의 바깥으로 걸어 나갈 준비가 되어 있
다는 듯
그 발걸음엔 치장이 없습니다

화분은 꽃의 꿈에 관여하는 흑백텔레비전
나를 꺾지도 못하고 잠이 듭니다
화분이 침묵으로 일관하는 동안에도 꽃은
혼자 서럽고 혼자 즐겁습니다

색색이 꽃피운 첨단의 감정들이
표정 없는 화분에 담겨 어디론가 옮겨 갑니다

나는 이 꽃의 정처를 알 길 없습니다

꽃은 환호하며 절규하며 나아갑니다
꽃의 발걸음에는 목적이 없습니다

당신은 있었는데 한 번도 있었던 적이 없습니다

젠가 게임

당신을 뽑아내려 애쓰는 손
당신이 뽑혀질까 겁먹는 손

무거워지지 마
무거워지지 마

심장의 붉은 가시가 자라나
두 눈을 찌르고

눈 속 장미에 놀란 당신은
그림자를 걷고

밤을 허물고
날아가네

가벼워지지 마
가벼워지지 마

눈을 찌르고 눈을 가리고
장미는 담장을 넘어가네

가시 화관을 쓰고 혼자 떨고 있는 나여

가시를 뽑아내려 애쓰는 손
내가 뽑혀질까 두려운 손

이것은 처음부터
허물기 위해 시작된 관계

부서져야 끝나는 노래

배경 없음

청량산 어느 갈비뼈 아래
주저앉는 무릎을 일으켜 세운 옛집이었다

담쟁이가 고양이 발자국을 찍으며
지난하게 흙벽을 기어오르고
산감을 깎은 곶감이 알전구처럼 내어 걸린

흙집 어귀에 몇 그루 회화나무가 있었다

잎을 버린 겨울나무는
마음을 거세한 통증의 나무 같아서

그 나무를 닮은 한 사람을 생각했다

눈발과 어둠이 내려와 사방의 산들을 지우자
우뚝한 회화나무

배경을 지우니 나무가 나무로

환했다

천지간에 오직 두 사람

그때의 우리가 내려와
녹는 밤이었다

물고기 노새 문장

나는 아가미 없는 물고기
갑옷을 입고 녹슨 칼을 차고
감기지 않는 눈으로 숨 쉬네
사라진 혀로 말하네

나는 애초에 태어난 적 없는 음률
어제보다 가라앉았네
켜켜이 총성이라네
내일 다녀갈 노래가 화석으로 묻혔네

나는 그림자 없는 노새
아버지를 잃고 엄마도 잊었네
목적 없는 발목으로 걸어가면
지나온 길이 한 타래

나는 애초에 읽혀 본 적 없는 문장
뼈는 사라지네
뿔뿔이 한 올 털이었네

화석 위에 화석이 기척 없이 자라나네

겁에 질린 손가락이 장갑 안에서 떨고

침몰하는 것들은 인양을 꿈꾸며 무거워져요
얼음과 물이 떠도는 우리의 시간은
십이월 눈발 속에 침몰 중이죠
당신 손가락은 장갑 안에서 나를 만져요
희망을 배후로 절망은 흉흉히 자라나
겨냥되지 못하는 사랑 앞에 무릎을 꿇고 조아리죠
구걸한 감정들이 바구니에 가득해요
옛 홍등가 앞을 지나왔어요
바람 불고 땅은 홍건하죠
홍등 아래 흰 드레스를 입고 얼어 있던
십이월의 눈동자들
그 밤의 허밍들
서로가 바닥으로 평평할 때
바닥을 지탱하는 맨발의 표정은
읽을 수 없어 더욱 선명하죠
진창이네요
빗물과 눈물
겁에 질린 손가락이 장갑 안에서 떨고

우리 만나던 날에도 비가 오지 않던 그땐
무섭고 좋았죠

개발자들

봄날의 햇살은 아나키스트처럼 오고 나는 햇살에 발
목이 묶여 당신과 뒹굴 거야 올 거야

창 너머엔 노란 바다가 비스듬히 걸려 있고 파도는 먼
바다로부터 오는 풍문으로 거품을 물고 술렁이지 당신
과 나의 염문 따위 관심 없지

계약에 없는 절정의 몸을 하고 암고양이 나무는 파양
되었다 나무는 다음 개발자에게 나무를 빼앗기고 미미
美美를 얻었다

당신이 쏘아 올린 공 날리던 나비 유희는 멈추었네 발
톱을 세워 멋대로 조립된 기억들을 긁어대다 보면 스스
로 발톱을 접어 넣게 되는 순간은 오지

사마천司馬遷과 튜링Turing과 미미美美를 기록한 책장
이 휙휙 넘어가네

엄마의 방문은 열린 적 없어

무감의 감각은 필사적으로 진화한다 우울은 사력으
로 개발된다

소멸하는 사과

방금 다녀간 잇자국 선명한 나의 상처
나를 움켜쥔 손목이 떨고 있다

당신이 나를 아껴 먹기로 마음먹자
혈흔의 파문이 서둘러 멍든다

나를 먹는 일은
피 튀기는 일

피 튀기는 사랑 앞에
어제 당신은 용감했고
오늘 당신은 비겁하다

지구의 중심을 향해 무거워지던
태양의 날들을 통과한 후 내게 남겨진 일은

유혈 낭자한 기억으로
당신 안에서 소멸해 가는 일

당신이 떨며 먹고 있던 것은
오롯이 당신을 향해 무거워지던

하나의 세계였다는 것을
당신만 모른다

무렵

목화밭 가운데 산

산 가운데 두 개의 무덤

무덤을 오가며
저물도록 놀아도
무서운 줄 몰랐다

대문 옆 조등弔燈이
바람도 없이 흔들리던 날

죽은 몸들의 거처를 보았다

목화밭 가운데 섬

섬 가운데 두 채의 집

그 섬 가까이 갈 수 없게 될 무렵

나는 철들고 있었다

꽃을 사랑한 물고기

가령 물고기가 강가의 꽃을 사랑했다고 하자
꽃이 왜 하필 그 강 가까이 뿌리를 내렸는지
그 강가에서 꽃을 피우고 나비를 날려 보냈는지
이 모든 내막에 관해서는 묻지 않기로 하자
그렇다면 왜 하필 물고기는 꽃이 있는
그 강에 와서 살게 되었는지
어쩌다가 꽃의 멍든 발톱을 보게 되었는지
꽃의 향기를 단 한 번 꿈결처럼 안아 보았는지
이 모든 사연들도 따지지 않기로 하자
다만 지금, 물고기가 기필코 꽃을 보아야겠다는 일념
으로
천 겹의 물비늘을 열고
우주 밖으로 몸을 내던지고 있다는 사실만 기억하기
로 하자
꽃의 마음을 짐작하느라 뜬눈으로 보낸 밤들과
기어이 너럭바위 위로 뛰어올라
천천히 굳어 가는 붉은 아가미만 기억하기로 하자
섬광처럼 다녀가는 물고기가 있는 그 강가에 발목을

심어 두고

　선 채로 바스러지는 꽃의 마음은 아무도 몰랐다고 하
자

　물고기마저도 금시초문이었다고 하자

구멍에 관한 각주

잠복한 짐승의 눈을 하고
그것은 웅크린 채로 있었다

비가 오면 어김없이 기어 나와
바닥을 휘젓고 가던 그것은
한 번도 속을 보여 준 적 없었으므로
깊이를 짐작하는 일 또한 어려웠다

아궁이에 불을 지피는 일보다
바닥의 물을 퍼내는 일로 하루를 시작하는 날이 잦
아질 때
바닥에 쪼그려 앉았던 여자는 문득
들여다본 적 없는 그것의 속이 오래 앓아 왔음을 알
았다

앓아내느라 기척 없던 함구의 날들을 떠올렸다
여자 혼자서 캄캄해질 무렵이었다

목구멍으로 되삼켜 버린 말들이 다다르는 몸속 깊은
곳이 있어
　밤이면 탕탕 바닥을 치는 소리가 들려왔다

　한계 수위를 지나온 말들이
　바닥을 버리고 돌아 나오던 밤

　구멍이 게워낸 속을 맨손으로 퍼 담던 여자가
　한 다발 각혈로 피어나 마당을 걸어 나갔다

　빈 아궁이에 불을 넣던 손이 사라진 그곳
　구멍은 여전히 살아남아 헐어 버린 목구멍으로
　삼킨 말들을 뱉어내곤 한다

흰 밥알같이

이른 아침 빗속으로

謹弔
크게 박은 영구차 한 대
이 언덕 너머 있다는
공용 화장장으로
꾸역꾸역 기어오른다

남겨진 이들의 목구멍을
간신히 넘어가던
흰 밥알같이

따르는 차도 한 대
없다

살아 남루했으나
순간
찬란했다

사라지는
성냥불 같은
장례

단 한 번의 장례를 맞기 위해
살아 찬란을 미루다
끝내 미루다

또 누가 누운 채 고개를 넘는다

4부

입속에 가둔 나비들이

날개를 펼쳐 놓는

다이버

한낮의 꽃은 뜨거웠고
밤의 꽃은 추락한다

침잠하는 꽃들의 아가미 아래
일어서는 허공의 비늘

벼랑은 잠기기 좋은 곳
타오르기 좋은 곳

폭로하기 위해 쌓아 온 은폐처럼
버려지기 위해 만난 우리

실감이 안 나 우리가 알았다는 게
아까워했다는 게

낡은 구두에 물을 주는 시간이 오면
꽃의 발등은 덮어 두기로 하자

불연기연不然其然

발목 없는 새가 와서 손바닥을 쪼았으므로
저마다의 길들은 생겨났다

불 속에 불을 들여 찰나를 앓으리라는 선약이 있었
다

달의 이면을 비질하고 있을 한 사람의 아침과
저녁의 산책에 살뜰히 관여해 보는 일

이따금 그가 다니러 가는 이웃 행성들의 골목을 헤
아려 보다가
내가 사는 별의 마을 길을 천천히 걸어도 보는 일

앞마당에 와 있는 지는 꽃들의 구근과
지문이 허술한 돌멩이들의 미래를 열어 보는 것은

허물어지며 선명한 시간의 축적 앞에서 분주히 겸손
하며

옛 마을과 옛사람들을 조용히 질투도 해 보는 일

어느 집 흙담 아래 문득 멈춰 서서
백일을 앓다가 진다는 꽃의 씨앗을 받으며
다시 달의 이면을 궁리하는 것은

발목 없는 새를 불러 손바닥을 펼쳐 보이는 일
손바닥을 접는 일

속이 빈 채로 타서 사라졌다는
이 마을 당목의 전설로 약을 지어 가만히
머리맡에 놓아둔다

소름

살과 살이 닿는 순간 돋는
짧은 소름의 시간
살과 살 사이를 오가는 한 세계가
당신과 나 사이엔 없다
그래서 잊을 만하면 당신은 한번씩 찾아와
짧은 사랑을 해 주고 서둘러 떠나간다
그것이 나의 의지인지
불가항력을 거스르고 그 먼 데서
찾아오는 당신의 의지인지 알기 어려워
당신이 사라진 꿈속에서도 나는
꿈같은 일이었다 여긴다
당신과 나 사이 소름 돋도록 좋았던 한 세계가 있었고
다시 당신과 나 사이
손쓸 수 없는 한 세계가 있다
태양의 배후를 확인하고 돌아와서도
다시 그 배후를 확인하기 위해 나서는
지구의 심정 같은 것을 이해 못 하는 것은 아니나
이제 당신과 나 사이 돋아날

소름의 확률 제로zero
비로소 인정하게 되는

우리는 세계가 다르다

파양

유기할 수 없는 슬픔으로 서둘러 이마는 끓는다

너는 출처가 불확실한 사람
규정할 수 없는 제목으로 내게 왔다

너를 데려다 놓고 알 수 없는 일들로 즐겁다가
다시 알 수 없는 일들로
나를 무릎 꿇리고 벌세우는 동안에도
발등을 돌아 나가는 피는 짧은 융기를 반복한다

돌아갈 곳이 있는 피들의 여정은 얼마나 격한가

오늘 나는 나무를 말했을 뿐인데 나무는
발등에 도끼날을 꽂고
번득이는 푸른 눈으로 종일 나를 노려본다

입속에 가둔 나비들이 날개를 펼쳐 놓는 밤

파양하지 못한 이름들로
속눈썹은 파랗게 경련한다

번지점프

불의 갈증이 눈물겨워
물을 안겼다

불이 사라졌다

물의 냉기를 보듬자고
불을 내주었다

물이 사라졌다

어제를 모두 잊은
청맹과니로

불에게로

물에게로

너에게로의 낙하를 일념으로

벼랑을 기어오르는

맨발의 검은 염소를 본다

빵
—썩지 않는 슬픔

도시락 대신
빵만 먹는 아이가 있었다

아이에게는 밥 짓는 엄마가 없었고
아버지는 병 끝에 눈썹을 잃었다

누가 월경 중인가를 단박에 알아보는
신묘한 눈을 가진 아이였다

방부제 든 빵만 먹어서 죽어도 썩지 않겠다고
어느 날은 세 살이나 많은 한 반 아이가
늙은 소녀처럼 혀를 찼다

중학교를 중퇴하고
먼 친척 식당에서
처녀처럼 차려입고
심부름한다는 소문을 끝으로
다시 그 아이 소식을 들을 수 없었다

유통기한을 지나고도 썩지 못하는 빵처럼
방부防腐 처리된 슬픔이 있다

월경처럼
허기처럼
눈 밑이 움푹한

그림자 수선실

산도를 빠져나오는 순간부터 갓 지나온 산후의 몸을
등에 업고 날선 시간의 철책 아래를 낮은 포복으로 건너
는

화병에서 꽃 피운 뿌리 없는 진달래 그림자를 보아요

태양을 등지고 앉아 몸을 빠져나간 제 그림자를 펼쳐
놓고 분주했을 꽃의 한나절

나에게서 왔으나 나였던 적 없는 서늘한 그것을 어르
고 달래느라 천 근의 추를 달고 섰네요

이울어 저녁이 오고 당신이 완전히 빠져나간 밤이면
잃어버린 그림자를 찾으러 온 바닥을 헤집고 다닐 것을
알아요

가락지를 찾아 주러 오는 장군 따위 없어도 산은 솟
고 골은 깊어 강과 바다를 이룰 테죠

뜯어 놓은 실밥처럼 남겨진 사람 방향으로 오후 네
시의 나비가 기울다 가요

악수

그만하자는 말 속에 붙어 오는
습기의 말줄임표같이

개나리라든가 민들레라든가

늦가을에 불쑥 찾아오는
봄의 기표들처럼

계절의 경계는 모호해서
모호한 것들을 인정하며
살을 나눈다

돌아가 이 살을 씻으며
너는 너대로 선명해지렴

돌아와 이 살을 씻으며
나는 나대로 낡아 갈 테니

자판 위에 올려놓은 손가락처럼
자주 뜨거워져서

안녕

안녕

번번이 실패할 계절을 곱씹으며
입술은 아껴 둘 것

환절기 몸살처럼 때마다
너를 앓는 일

살의 기억을 지문에 받아 적는다

손톱

한밤에 깨어 손톱을 자른다
잠 속에서도 마음은 자라나
완성을 잊은 맹목의 발육이
나는 두렵다

형광등 아래 쪼그리고 앉아
한동안은 불편이 덜하도록
한껏 들여서 손톱을 자른다
얼마간은 작정하고 잘라낸 마음으로
핏물 들 걱정도 하면서

흩어진 손톱들을 주워 모으며
없는 수챗구멍을 강구해 본다
함부로 내다 버린 손톱을 먹고 자라난
내가 모르는 내가 있어
어쩌면 이 밤 대면할지도 모른다는
기대를 해 보는 것이다

당신 눈 속에 살면서 뾰족한 양산을 펼쳤다 접곤 하
는 나와

　　일용할 약과 위스키와 담배와 사랑을 끊어 버린 백발
의 나*와

　　나에게 들킨 적 없는 생면부지의 나를 불러 모아

　　낯선 듯 익숙하게 서먹한 듯 가깝게

　　소원하였다고 격조하였다고 밤 깊도록

　　꽃물 들일 궁리도 하여 보는 것이다

* 전고운 감독의 영화 〈소공녀〉의 이미지를 차용함.

방백

억새로 담장을 세운 집이었는데

억새는 살짝살짝 눕고 누운 억새 뒤로 다시
단단한 담장을 쌓은 집이었는데 어느 날

담장 가운데 난 작은 문
열린 그 문을 보고야 말았지 발을 들였지
남들은 한 번도 못 보았다는 그 문

열린 문 안에 살고 있는 사람은
뒤돌아 앉은 사람

바람의 어깨와 식물의 팔뚝을 가져서
반짝이는 앞강을 품고
부서지는 금모래를 품고

푸른 머리칼로 기타 줄을 엮어
노래를 들려주었네

범람이었지
퉁퉁 붇은 얼굴과 발등을 얻은

나 범람 속에 살래요
살아낼래요

얼굴을 보여 준 적 없는 당신을

나는 영영 모르는 사람

자세

소년은 4의 자세로 맨바닥에 앉아 있다 안개와 미세
먼지가 뒤섞인 겨울 아침의 국도변이다 소년의 오른편
엔 막대가 놓여 있다 신작로가 2차선에서 4차선이 되어
가는 동안 소년의 오른편에 놓여 있는 막대는 나무에서
연필로, 다시 총으로 변신한다 소년은 굴러가는 바퀴들
을 헤아리며 막대를 본다 뭔가를 휘두르던 시절은 지나
갔다 소년이 막대를 잡고 일어나 겨우 7의 자세를 갖춘
다

낡은 컨테이너 박스 앞에 쪼그리고 앉아 담배를 태우
는 소년은 2의 자세를 획득하고 있다 컨테이너 안에는 3
의 자세가 최적화된 소녀가 살림을 살고 있다 모래가 쌀
로, 돌멩이가 절구로 바뀌는 동안 소년은 쌀을 벌기 위
해 무릎을 꿇었고 소녀는 절구를 찧기 위해 고개를 숙
였다

9의 자세로 소년이 물속을 들여다보고 있다 서먹한
얼굴 아래 우물과 구름과 젊은 엄마의 앞치마가 있다

물아래 물이 내리고 소녀가 6의 자세로 부은 발을 내려
다본다 목쉰 새와 눈먼 벌레들이 떠돌다 한곳으로 몰려
간다 먼저 누운 소년 곁에 소녀가 누워 8자를 이룬다

현기증

나무가 꽃을 밀어내듯
밤이 풍경을 묻어 두듯

한 마음이 한 마음을 포기합니다

제 깃털을 뽑아 둥지를 건설하는
새의 나날입니다

자갈이 강물을 보내듯
구름이 전생을 지우듯

한 슬픔이 한 슬픔을 놓아줍니다

뜨거운 방을 허물어
핏덩이를 흘려보내는 국경의 밤

검은 살을 찢어 흰 뼈를 낳는 짐승처럼

아득함이 다른 아득함을
앞질러 갑니다

아보카도

너의 눈썹
너의 발목
회복할 수 없는 숲이야
통로야

너의 치부
너의 음모
네가 관여하는 너보다
내가 이해하는 더 많은 너를
들려줄까
물어 줄까

너에 관한 설명서는
조악한 번역문이야
난독의 시간
난해의 시간 마침내
난무하는 너

돌이킬 수 없는
공기야
공터야

내 손에 들려진 칼날은
뭉툭하고
두 손은
뜨거워

너의 둥근 눈을 헹구어
내 눈에
넣을까

접시 위에 올려 둔
너의 재채기
너의 잠꼬대

네가 추억하는

너보다
내가 기억하는
숱한 너를
내어 줄까
그어 줄까
그러나

고개 들면
그날의 움막
그날의 망루

푸른 반점의 전생과
검은 피륙의 후생을
사이좋게 나누어 먹던

너를 발라 그늘과 깊이 관계하였고
너를 먹여 동굴의 문장들을 사육하였다

돌려줄 수 없으니
여기서부터는
빚진 자의 발밑

물고기가 오는 아침

물길을 끊고 바다에 거꾸러진 꽃잎을 밟으면
불안은 부레처럼 부풀어

물에서 온 내력을 버리지 못한 모든 상처에선
비린내가 났다

칼로 딸기 꼭지를 베어내다가
딸기에 코 박고 죽는 생 같은 걸 떠올려 보는
봄밤

흰 딸기꽃을 얻으러 길 건너 딸기밭을 찾아가던
한밤의 여린 짐승은 있었다

밤의 국도를 온몸으로 밝히던 꽃나무를 두고
아름다운 노동 운운하던 어제의 입술을 지운다

달의 허물이 부유하는 새벽 강을 거슬러
번득이는 비늘로 봄날 아침은 온다

불연기연, 남겨진 말들의 시간

최진석(문학평론가)

1. 기면, 비-문의 사건

구스 반 산트의 명작 〈아이다호〉(My Own Private Idaho, 1991)의 주인공 마이크(리버 피닉스 분)는 기면증이라는 희귀한 병을 앓고 있다. 긴장이나 스트레스가 심해지면 의식을 잃고 잠에 빠지는 증상인데, 갑자기 온몸의 긴장이 풀려나와 쓰러지듯 발현되기에 흡사 죽음을 맞이하듯 잠들어 버린다. 자신을 버린 어머니에 대한 그리움, 친구와 사랑에 대한 목마름으로 방황하는 마이크는 이 독특한 증상으로 인해 영화 속에서 몇 번을 쓰러졌다가 다시 일어난다. 그의 비극성이 부각되는 이유는 깨어날 때마다 변함없이 지속되는 생의 관성, 더 정확히 말해 죽음에서 돌아왔음에도 이전과 다름없는 일상의 여전함 때문일 것이다. 죽음 같은 기면을 뒤따르는 깨어남은 부활의 기쁨으로 전환되지 않고, 아무것도 변하지 않은 현재 속에 머물도록 강요한다. 그렇다면 기면 이전과 이후는 아무런 차이가 없다는 말일까? 기면은 현재의 생이 삶도 죽음도 아닌, 그저 유예된 시간에 불과함을 알려

주는 걸까? 혹은, 저 시간의 유예가 언제든 중단될 수 있으며, 다른 삶을 향한 도약으로 전변할 수 있다는 징표가 아닐까?

절단된 시간과 또 다른 삶에 대한 욕망. 시간의 유예는 정녕 그 내밀한 욕망 없이는 아무런 의미도 갖지 않을 것이다. 현재 너머에 대한 욕망, 그것이 구원이라면 이는 단순히 일상의 시간을 연장해서는 도달하지 못할 순간임에 틀림없다. 메시아적 구원의 지금-시간ho nyn kairos은 연대기적 시간의 흐름과 다르다.[1] 오직 현재를 절단하는 사건만이 다른-시간, 새로운-시간의 물꼬를 틀 수 있다. 그러니 만일 지금-여기에 임재해 있는 구원의 증표를 찾고자 한다면, 우리는 별수 없이 시간의 유예 즉 기면이라는 사건으로 돌아가지 않을 수 없다. 그것은 한편으로 일상에 대한 부적응을 나타내는 병리적pathological 증상이지만, 다른 한편으로는 저 너머의 삶이 항상-이미 곁에 와 있음을 체현하는 파토스pathos이기 때문이다. 기면에 빠진 마이크가 불현듯 행복했던 과거를 떠올리듯. 철학적 사변으로는 파악할 수 없고 과학적 분석으로도 풀 수 없는 이 불가해한 현상으로서의 기면은 그저 감내하고

---

1 Giorgio Agamben, *The Time That Remains*, Stanford University Press, 2005, p. 70.

받아들여야 할 숙명과 같다. 갑작스레 닥쳐 온 사건을
누구도 거절할 수 없듯.

눈 안으로 휙 날아드는 것이 있었다

안과 의사는 눈을 샅샅이 헤집고는
그것의 위치와 모양까지 정확히 짚어냈다

치료 방법이 따로 있는 것은 아니므로
익숙해지라는 처방을 받았다

—「비문」부분

"몸 안으로 와락 날아드는" 그것은 외부에서 유래
했지만 물리적 타격과는 다른 방식으로 새겨지는 타
자성의 자취이다. 이전과 이후를 갈라 놓는 날카로운
"칼"의 충격인 동시에 지금의 현실로부터 탈구되도록
추동하는 "달"의 유혹이 그것이다. 이 차이, 깨어남의
순간은 분명 무의미하지 않지만 또한 어떤 의미인지
확정할 수 없는 상형문자를 닮았다. "누구를 찾아가
마음을 헤집어 보여야 할지 몰라" 시인은 망설인다. 지
금 이 변전의 시간을 언어로 옮기는 것이 그가 지닌
유일한 가능성이지만, 이는 또한 사건을 문자에 새겨

야 한다는 점에서 불가능한 시도에 가깝다. 그의 시문은 흩날리는 문자["飛文"]가 되고, 해독할 수 없는 문자["秘文"]이자 화석처럼 굳어진 문자["碑文"]로 남을 따름이다. 비-문非-文은 정연한 논리가 통하지 않는 사건을 담기 위해 시인이 고안한 불가능한 형식 아닐까?

그럼에도 시인은 느낀다. 감수感受한다. "씨앗 하나가 날아와 심장에 꽂히는" 사건을, 그로써 "균열을 준비하는" 순간이 도래한 것을. 불가능한 것을 가능하게 만드는 게 아니라 가능한 것을 불가능에 비추어 시험하는 것. 여기에 시인의 고유한 시-작始-作/詩-作이 있을 터. 이는 "문장의 일이었다".

신준영의 첫 시집은 "문장"을 통해 사건을 포착하려는 고투를 형상화한다. 하지만 그 출발은 성취에 대한 밝은 전망이나 낙관, 기대와 거리가 멀다. 거꾸로 불안과 두려움이 어른거리는 체념의 정조에 깊이 물들어 있다. 문자 이상의 것을 어떻게 문자로, 시의 언어 속에 조형할 것인가? 그렇게 길어낸 시편은 어떻게 박제로 남지 않을 수 있을까? 그가 시인이 되기 위해 통과했던 기면의 시간은 매번 또 다른 기면의 사건들을 맞이하도록 요구하고 있지 않을까? 이전과 다르지 않은 여전함이 계속될지, 혹은 절단의 변곡을 통해 다른-시간의 흐름이 나타날지, 아직은 알 수 없다. 다만 문장의 일을 따라가야 할 뿐.

2. 난-독, 타인의 점괘

통상적인 의사소통은 미리 완성된 기호의 체계를 맥락의 그물 속에 배치함으로써 작동한다. '배가 아프다'는 말을 듣고 고장 난 여객선을 떠올리지 않는 것은 기호와 그 의미, 맥락에 대한 이해가 저 문장에 수반되어 있는 까닭이다. 하지만 사건을 읽는 것은 전혀 다르다. 여기에는 미리 주어진 의미의 구조와 기호들의 연결망이 없다. 모든 기호는 선험적으로 규정된 의미를 갖지 않기에 그 함축이 새로이 발견되고 또 발명되어야 한다. 맥락은 이 과정에서 솟아나는 생성의 그물로서, 언표를 끼워 맞추는 배경이라기보다 의미가 구성될 때 함께 파생되는 효과를 가리킨다. 이처럼 사건의 언표는 순수한 자기 참조이자 자기 생성이라 할 수 있는데, 그 어떤 기성의 문맥도 참조하지 않은 채 스스로 의미를 구성하는 까닭이다. 시문, 시적 문장의 일 또한 그렇지 않은가?

돌부리에 걸려 넘어진 구름이 주저앉아 웁니다 내가 던져 올린 공기입니다 장마가 와서 공기를 던졌는지 공기

를 던져서 장마가 왔는지 알 수 없으나 새가 와서 손바닥
을 쪼았으므로 저마다의 길들은 생겨났습니다 둥지를 건
설하던 새가 얼음을 물고 날아간 뒤 젖은 바지 속엔 각성
이 무성합니다

                        ―「장마가 오면 공기를 던지며 놀아요」부분

　하늘에 멈춰선 구름이 비를 뿌린다. 구름도 빗방울
도 모두 대기의 순환을 통해 생겨났지만 "내" 지각에
의해 비로소 형상을 갖게 되었으니 나의 산물이기도
하다. 대기와 공깃돌의 이중적 함의는 나와 사물세계
를 연결해 주고, 그 "알 수 없"음의 상황 속에 다시 또
"새"를 끼워 넣어 "저마다의 길들"로 파생시킨다. 이 우
발과 표현의 과정이 모종의 의미망을 그리는 것. 따져
보면 애초에 "돌부리에 걸려 넘어진" 것도 나였을 게
다. 그 잠깐의 멈춤 또는 '기면'의 순간은 "각성"을 일
으키고, "오른손"으로 쓰던 일기를 "왼손"으로, 즉 다
른-나의 손으로 적게 만든다. "왼손으로 글씨를 쓰면
새로 태어나는 기분이 들어서 좋습니다", 이로써 일상
의 자의식에 갇혀 있던 나는 "내가 쏟아"지는 체험을
하는데, 그것은 "오해와 이해의 교집합"으로서 일상적
상식의 바깥에 놓인 사건이다. 바꿔 말해, 이전과 이
후 사이에 절단적 경험이 일어났다. 이로부터 "어리고

단단한 빛들"의 의미가 태어나고, 문장의 일 즉 시가 성립한다.

과학과 객관의 시선으로 본다면 이는 필경 주관과 자의에 사로잡힌 몽상처럼 보일 것이다. 물리학적 전체로서 하늘은 변함없이 존속한다. 구름과 비의 형성은 대기가 순환하며 벌어지는 자연현상이고, 공기는 다양한 분자들로 이루어진 기체 덩이일 뿐이다. 논리적 분석 바깥에서는 아무것도 일어나지 않는다. 그러나 시적 사건은 그 잉여의 지점에서 생겨나며, 논리적 분석에 의거해서는 식별할 수 없는 감정의 스펙트럼, 곧 감응affect을 일으킨다. 자아와 타자, 세계가 마주칠 때마다 빚어지는 변화의 지각들, 그에 대한 순수 경험의 글쓰기에 시-작이 있다. "스캔들"은 이 사건을 일컫기에 가장 적합한 이름이리라.

나는 발명가이며 조련사다 오늘까지 일만육천삼백 스물여섯 개의 감정을 발명했고 이것으로 매일 나를 길들여 왔다 어둠을 응시하는 백만 개의 눈동자였고 목에 걸린 방울이었으며 잠 속까지 좇아오는 그림자였다 나는 불이었고 연기였고 한숨이었는데 이것들을 소화하며 마침내 괴물에 이르렀다 이 흉측하고 아름다운 것을 내가 낳았구나 이것은 자각몽이 아니다 밤에 낳은

부끄러운 감정의 얼룩들을 닦아내는 아침의 거울 속도 아니다 직립의 기억을 버린 나무는 물속을 유영하고 물을 버린 물고기는 산을 오른다 오늘까지 발명된 감정들은 밤새 뒤척이며 지상에 떨어뜨릴 기억의 각질 내 안에서 방목한 당신이 나를 삼키면 나는 당신으로부터 다시 태어나는 배설물 이 흉측하고 아름다운 것을 내가 또 낳는구나 당신을 버린 나는 신나서 꽃처럼 뭉게뭉게 피어나 마침내 내가 나를

—「구름 스캔들」 전문

죽음일지 수면일지 눈뜨고 깨어날 때마다 매번 달라지는 사건의 흔적들. 그로부터 응결된 감정의 숫자가 어디 "일만육천삼백스물여섯 개"뿐이겠는가? 자아를 와락 덮쳐드는 순간마다 피어나는 감응은 분절 불가능한 변이의 연속체를 이룬다. "나"는 그에 "길들여"질 따름이기에 내게 비친 세계는 "백만 개의 눈동자"이기도, "목에 걸린 방울"이기도, "잠 속까지 좇아오는 그림자"이기도 한 "괴물"처럼 현상한다. 주의하자. 괴물은 정의될 수 없는 감각의 다면성을 일컫는 단어이지, 습속과 도덕에 의해 미리 규정된 불쾌의 대상이 아니다. 따라서 그것은 "직립의 기억을 버린 나무"나 "물을 버린 물고기"처럼 기이한 형태를 취한다.

"흉측하고 아름다운"이라는 수사는 이처럼 무수히 전변하는 다면적 감각성을 가시화한 언표를 나타낸다. 이 양가성의 기호는 나—바깥의 세계, 타자 즉 "당신"이 없었다면 애초에 생겨나지도 않았을 터. 내 "기억의 각질"에 감싸여 표명되지만, 궁극적으로는 "당신"으로부터 온 것. 그렇게 '나'는 유아독존하는 주관과 자의의 산물이 아니라, "당신"이라 표명되는 나의—바깥을 비추어 드러내는 "거울"로서 제시된다. 종결되지 않은 마지막 문장은 나와 당신이 기면과 각성의 연쇄를 통해 계속 열려 있게 될 미래를 현시하고 있다.

하지만 이 같은 양가성의 시학이 늘 성공하는 것은 아니다. 아니, 항상 지각되지는 않는다. "정오에서 정오까지" "자정에서 자정까지" 사건화의 순간들은 자신을 드러내지 않은 채 "조용히 스스로를 태우고 있"을 뿐이다(「비명이 없는 세계」). 대개 충만함을 상징하는 단어 '삶'은 "채우기만 하고 쏟아낼 데가 없는" 단조로운 일상과 구별되지 않는다(「블라디보스토크」). 그러니 어떤 보이지 않는 사건이 이 "시간의 공터"를 채우고 있는지, "나"는 "잠들지 않는 사람"이 되어 늘 촉각을 곤두세워야 한다(「동광육거리」). 그렇게 "길을 잃은/눈이 붉은 새"가 되어(「미조」), "머리와 등과 발을 동시에 바닥에 붙이는 일의 경건함"을 통해 "기면의 시간 속으로" 걸음을 옮겨야 할 것이다(「부산역」). "타인의 점괘를 읽"기 위해 "난립하는 기호들"을 파헤 치는 수고는 피할 수 없지만, 근본적으로 당신과 나, "우리는 언제나 말이 없"는 불가해한 관계로부터 벗어 날 길이 없다(「비명이 없는 세계」).

해명될 수 없는 관계에 있다는 점에서 "타인의 점 괘"와 '나의 점괘'는 같은 울림을 갖는다. 그것들은 난 -독難-讀/亂-讀을 일으키는 "낫지 않는 병"이기에 "전 부는 발설되지 않는" 비밀에 감싸여 있다(「시」). 기면, 혹은 유사-죽음이자 유사-부활의 경계를 위태롭게 곡예하는 시인은 "날 선 작두 위를 걸어가는" 마음으 로 깨닫는다. 시의 문장은 나에 대한 것도 당신에 대 한 것도 아닌, 그저 "두 개의 심장에 새기는/문신"과 같은 것임을. 결코 하나로 모이지 않는, 서로가 서로에 대해 타자적인 관계는 "바람에 기록된 물의 이름일 뿐 이어서"(「등골을 뽑아 들고」), 언제 깨어날지 알 수 없 는 기면의 순간을 버티듯 "침전하는 질문들을 담고/ 유리병 속 시간을 달려"야 한다(「콜라」). 그것이 부활 일지, 또는 삶과 죽음 사이에 어떤 차이도 낳지 못하 는 일상의 연속일지, 그저 따라가 보는 것 이외에는 아무것도 정해지지 않았다.

3. 동-명, 통증의 나무

예지와 망상 사이
우리의 미래가 있다

그것은 양극의 모습을 하고
비스듬하다

—「서늘」 부분

통상의 언어로 "예지"는 가능한 미래를, "망상"은 불
가능한 미래를 지시한다. 전자는 낙관할 만한 시간의
도래를 예측하는 일이고, 후자는 이루어질 수 없기에
공허한 시간, 오지 않을 그때를 상상하는 일이다. 하
지만 실제로 도달하는 시간은 대개 희망하던 형태 그
대로가 아니다. 바라지 않는 순간, 회피하고자 했던
순간의 이미지만이 미래의 얼굴로 다가오게 마련이
다. 어쩌면 "예지"를 가장한 "망상"만이 "미래"를 규정
짓는 것인지 모른다. "양극의 모습" 속에 한쪽으로 쏠
릴 수밖에 없는 "비스듬"한 모양새를 취하는 것은 그
런 까닭일 게다.
　　그렇다면, 시간의 경험은 그 불가능한 미래를, 원치
않는 시간의 도래를 무기력하게 기다리는 것과 다름

없는가? "심장에 걸린 방아쇠"라는 어구처럼 살아 있음과 죽음이 한데 걸린 숙명을 우리 모두는 안고 있다 (「귤」). 심장이 박동하며 살고자 하는 순간마다 다시금 죽음으로 돌아가려는 관성의 힘이 작용하고, 그것은 기면의 이전과 이후가 동일한 세계임을 지시한다. 이 굴레를 어떻게 벗어날 수 있을까? 기면의 고통을 고스란히 적어 놓는 것, 그로써 일상과는 다른 삶이 있음을, 죽음 같은 잠을 건너 다른-삶으로의 길이 있음을 스스로에게 보여 주는 것만이 유일하지 않을까? "모두 기억합니다/여기 기록합니다"(「동광육거리」).

"당신"이라는 타자, 그 외부를 필사적으로 염원하면서도, 시인이 자꾸만 자신에게로, 자기의 감각과 신체로 고개를 되돌리고 스스로를 자극하며 시험하는 까닭에 주의를 기울여 보자. 가족을 건사하고 친구와 교우하며 생활에 임하는 일상인으로서 그는 분명 외적 세계와 분리되어 있지 않다. 하지만 그런 시민적 공간 속에서는 사건 또한 일어나지 않는다. 생활세계에서 시인이 마주치는 타자는 익숙한 타인이며, 계약과 법, 일상 의례를 통해 알려진 누군가들이다. 그들과의 만남은 거래와 약속, 에티켓을 통해 조율되고, 사건은 '사고'로 환원되어 처리될 따름이다. 때문에 진정 사건을 욕망한다면 낯익은 생활의 이면으로, 낯선 자신의 내면으로 깊숙이 내려가야 한다.

　　아무도 내게 말 걸지 않아서

　　내가 내 귀를 자르고 싶을 때

　　(…)

　　내 안의 낯선 심장을 더듬어 보는

　　검은 스펀지의 밤

　　　　　　　　　　　　　　─「압화」 부분

　　일종의 자기촉발self-affection로서 이 같은 자학의 묘사는 자기 안의 타자와 만나기 위한 필사적인 시도이다. "압화", 곧 압지에 눌려 납작하게 말라붙은 꽃을 되살릴 길은 그것 자체가 소생할 내적 폭발을 일으키는 것뿐이다. 설령 그것이 "박제된 식물의 마지막 오르가슴"이라 해도, 그로써 자기 안의 "낯선 심장" 즉 타자성을 일깨울 수 있다면 "검은 스펀지의 밤"이라 불리는 기면의 끝도 기대할 수 있을 터.
　　관건은 외재적인 모든 것을 지우는 데 있다. 온전한

나를 만나기 위해, 일상의 온갖 부수물을 떼어내고 제거하는 것. 그 빈 공터에 있을지 모를 누군가와 만나는 것. 깨어남이라는 단어가 갖는 매혹은 깨뜨림에 있고, 다른-나로서 다른-삶을 살 수 있다는 내밀한 기대에 있을 게다. 그곳에서 마주치는 것은 나인 동시에 다른-나, 타자로서의 나 또는 나로서의 타자일 테니.

> 잎을 버린 겨울나무는
> 마음을 거세한 통증의 나무 같아서
>
> 그 나무를 닮은 한 사람을 생각했다
>
> (…)
>
> 배경을 지우니 나무가 나무로
> 환했다
>
> —「배경 없음」 부분

생활의 상실이 누구에게라도 고통스럽지 않을 리 없다. 모든 익숙한 타인들과의 관계를 끊어내는 경험인 탓이다. 부를 수 있는 이름과 식별 가능한 얼굴들을 넘어서 내게 걸어오는 그는 무명의 타자성 자체, 곧

당신도 모르던 당신이자 나도 모르던 나라는 타자를
뜻한다.

앓는 식물들의 잎을 모두 떼어냈다
혹한이었다
함부로 눈길 주지 않았다

관계없다는 말은 물길을 끊었다는 말
이제 우리, 관계 않는 사람들

찻잔을 두드리는 스푼의 기억에서
침잠의 방에 떨어진 짐승의 기억에서

걸어 나옵니다 눈을 뜹니다

눈떠서 다행인 나와
눈떠짐이 두려운 당신은 동명이다
　　　　　　　　　　　　　　　　—「Get Out」 부분

　통상의 모든 관계가 절연된 후에야 비로소 시작되
는 이 "관계"를 통념대로 '관계'라 불러도 좋을까? 내
면에 잠겨 있던 온갖 "기억"으로부터 "걸어" 나온 그

는 식별 불가능한 미지의 존재다. 나에게서 나왔고 당신에게서 기원했을지 모르지만, 일상의 관습대로 읽고 떠올리고 동일시할 수 있는[同名] 누군가는 분명 아니다. 오히려 지금-여기의 그는 나도 아니고 당신도 아닌 무엇, 단지 함께-울리고[同-鳴] 울리며-움직이는[動-鳴] 방식으로만 간신히 지각될 수 있는 비실물의 현존에 가깝다. "환상통"은 그를 느낄 수 있는 유일한 감각이며, "천형의 귀"는 그의 말을 듣는 단 하나의 통로이다. "있었는데 한 번도 있었던 적이 없"던 "당신"이라는 타자(「흑백 화분」). 하지만 이 감응을 어떻게 문장에 담을까? 어떻게 시문 속에 옮겨야 할까?

4. 지-문, 실패의 계절

다른-삶에의 꿈은 영속적이되 다른-삶은 영속적이지 않다. 시간의 흐름 탓이다. 예지와 망상 사이에서 꿈은 수신자 없이 미래로 발신된 채 사라진다. 그래서 차라리 계속된다. 그러나 기면의 고통에서 깨어나 맛본 다른-삶의 행복은 곧장 예전과 동일한 일상의 위협에 직면한다. "들어올 때 이미 나가는 문을 지나왔"던 까닭이다(「소금 창고」). 시간이 흐르고, 이로부터 변색과 탈색의 시간이 들이닥쳤다. 기면의 끝이 또 다른 기면의 시작이듯, 생겨난 것은 이미 지나가 버렸다.

낯설던 그를 익숙한 당신 속에서 맞이하며, 우리는 또
다시 식별 못 할 그를 기다리고 있다.

이 거리는 애도의 거리다

돌아왔다는 사람의 소문은 없다

옆을 비워 두고 걷는 습관이 있다

내 몸속으로 들어와 사라진 사람의 좋았던 한때를

폐업한 가게의 간판처럼 걸어 두고 있다
　　　　　　　　　　　　　　　　　—「거리」 부분

　뚜껑을 열어 둔 무덤은 망자에 대한 무례가 아니라
(「루틴」), 언젠가 그의 곁을 같이할 누군가를 기다리
는 의식이다. 부활의 기쁨을 고대하지 않고 어떻게 뚜
껑을 닫을 수 있으랴? 떠난 얼굴을 애도하면서도 "닫
아걸어야 할 한 개의 문을/남겨 두는" 이유도 그와 다
르지 않다(「미조」). 하지만 기면을 잇는 기면, 그 사건
들의 연쇄를 막연히 받아들이고 기다리기만 하는 것
은 또한 사건의 소멸을 인정하는 꼴이다. 진정 사건을

마주하는 것, 그에 휘말려 보는 것은 문장을 통해 나와 당신이 동-명하는 얼굴을 각인하는 것이다. "비명 없이 소문 없이" "황폐할" "나"를 넘어서는 "얼굴 하나를", 당신의 얼굴을 그에 겹쳐 놓는 일이다(「회복실」). 시간은 계속 흐르며 무수한 사건이 거기 서식할지라도, 매번의 사건마다 왕래하는 나와 당신, 마침내 그의 얼굴을 "칼"과 "달"의 경계 속에 그려 넣는 것이야말로(「비문」) 문장의 운명일 게다.

> 어느 날 홀연히 사라지는 사람은
> 완벽히 사라지는 것은 아니어서
>
> 자다 깨어 혼잣말하는 사람 곁에
> 계단참에 문득 멈춰 서는 사람 곁에
>
> 점으로 총총하다
>
> 처음부터 낯설지 않은 별들이 있다
>
> ─「점묘」 부분

성좌Konstellation는 아무것도 아니다. 천공의 저 별들이 무리 짓는 원인은 인력과 척력이 일으키는 물리학적 관계 이외에 아무것도 아니다. 하지만 성좌는 의미 그 자체이다. "눈 안으로 휙 날아드는" 시선의 저 끝(「비문」), 거기 줄지어 선 별들이 상호 무연한 상상을 일으키고 모종의 형상을 이루며 모여들 때 의미가 출현한다. 처음 보았지만 "처음부터 낯설지 않은 별들"의 "음모"가 저기 있다. 단언컨대, 성좌의 음모, 그 의미가 문장을 문장이게끔 만드는 것이다. 별들의 운행은 나의 뜻이 아니지만, 그로부터 '나'와 '당신'의 관계를 발견하고, 끝내 '그'라는 구원의 타자를 영접하는 것은 오로지 지금 손끝에서 새 나오는 문장의 힘이다. 사건을 사건이게끔 추동하고, 사건이 사건으로서 지속되도록 기면의 순간에 자기를 던져 넣는 것. 문장은 이렇게 "살아 있음을 말하는 사람이 죽음 측근인 것처럼/사랑의 폐기를 각오하며 갱생을 돌보"는 행위와 다르지 않다(「바람 부는 날 자전거 타기」). 문자는 죽었지만, 동시에 늘 살아 있었고, 언제나 부활하는 중이다.

그럼 이제 정말 본질적인 질문을 던져 보자. 끝은 시작과 하나이고, 잠드는 것은 깨어남을 노정하며, 죽음은 삶으로 향하고 있음을 깨달았을 때, 우리가 바라야 할 것은 전자인가 후자인가? 낯설지만 곧 익숙해질 후자의 이름들은 언제나 전자의 어두운 징조 속

으로 휩쓸리지 않았던가? 거꾸로, 매번의 죽음과 잠
듦을, 끝을 욕망하는 것이야말로, 소진되지 않을 시작
과 깨어남, 삶을 기약하는 게 아닐까? 기면 이후의 허
탈함보다 기면 이전의 은밀한 기대야말로 우리를 정
녕 살도록 충동하고 있지 않은가? "이것은 처음부터/
허물기 위해 시작된 관계//부서져야 끝나는 노래"(「젠
가 게임」). 삶을 위해 삶은 연기되어야 하고 죽음을 면
하기 위해 죽음을 소망해야 한다는 역설로 우리는 이
끌리고 있다.

> 살아 남루했으나
> 순간
> 찬란했다
>
> (…)
>
> 단 한 번의 장례를 맞기 위해
> 살아 찬란을 미루다
> 끝내 미루다
>
> ─「흰 밥알같이」부분

그러므로 영원히 지속되어야 할 수면의 순간들, 가

혹한 기면의 시간들은 "방부 처리된 슬픔"으로 간직된다(「빵—썩지 않는 슬픔」). 이 지연을 유지하는 방법은 사건을 사건으로서 경험할 뿐만 아니라 사건 속에 사건의 인장을 찍어 놓는 것이다. 결코 마르지 않는 인주를 사용하여. 그로써 다른—나, 곧 당신을 불러내되 현전의 유혹으로부터 멀리 떼어 놓아야 한다. 그가 마침내 임재하지 않도록 방비해야 한다. "채우기만 하는데/ 넘친 적도 없"는 "저 바다"처럼(「블라디보스토크」), 곁을 내어 놓고 걷되 그 빈 칸을 절대 채우지 않아야 한다. 이 사건을 있는 그대로 문장에 올려놓아야 한다. 지—문, 의미를 지시하는 문장[指—文]을 의미를 소산시키는 문장으로 틀어막아야[止—文] 할 것이다.

> 새들이 거처를 옮겨 가며 기록하는 언어와
> 억새밭에 둥지를 튼 바람의 문자를
> 구분하기 어려웠다
>
> —「무거웠고 가벼웠던」 부분

이 기획이 과연 성공할 수 있을까? 삶과 죽음이 그렇듯, 잠듦과 깨어남이 그러하듯, 시작과 끝이란 그 역시 문자의 효과가 아닌가? 사건의 추상이자 문법의 환상에 지나지 않는 언어는 기면의 이전과 이후, 그

발현과 각성의 경계를 문장 위에 남겨 둘 수 있을까?
시인은 어쩌면 실패한 비-문들을 살에 가득 새긴 채
이미 어딘가에 물러서 있을지도 모른다.

> 계절의 경계는 모호해서
> 모호한 것들을 인정하며
> 살을 나눈다
>
> (…)
>
> 번번이 실패할 계절을 곱씹으며
> 입술은 아껴 둘 것
>
> (…)
>
> 살의 기억을 지문에 받아 적는다
>
> — 「악수」 부분

*

불과 한숨. 서로 다른 형상과 성분, 상징성을 나타
내는 두 단어지만, 잡을 수 없는 비-문의 실체라는 점에서 아이러니하게도 하나처럼 보인다. 풍경과 합쳐져 일렁이는 뜨거운 불길과 대기와 구분되지 않은 채 부유하는 숨결은 경계가 없다. 인간의 시선에서 불과 숨은 죽은 사물이지만, 불과 숨의 입장에서 인간은 존재하지 않는다. 신체와 정신이 그어 놓은 유한한 경계선에 갇혀 스스로를 박제로 만들었기 때문이다. 사건화하지 못하는 부동의 유한성과 사건을 통해 지속하는 무한성의 흐름, 어느 쪽이 더 삶에 가깝다 해야 할까? 물론, 우리는 이 날카로운 차이를 의식하며 살지 않는다. 그것은 시의 일이다. 가능한 것을 불가능에 비추어 도약하도록 만드는 것. 문장의 질서를 따르되 문장의 질서에 결박되지 않는 불과 숨을 틔워내는 것. '나는 불이 아니고 한숨이 아니다'가 일상의 문장이라면, '나는 불이었고 한숨이었다'는 시의 문장일 수밖에 없는 이유다.

사건을 간직하려는 꿈은 모든 시인들의 공통된 소망이다. 경이를 포착하여 언어에 담고, 이를 문장 속에 펼쳐내려는 욕망이야말로 시인이 기꺼이 기면을 받아들이는 까닭일 게다. 하지만 모든 기면이 각성 이후의 부활을 약속하지는 않는다. 설령 누군가는 불과 숨이 어른거리는 사건을 체험한다 해도, 그것을 언어 속에 놓아주는 순간 기면 이전의 여전함으로 사그라지고 말 것이다. 신준영은 이 아이러니를 예민하고도 통렬하게 포착하고 있다. 불행한 노릇이다. 첫 시집이 벌써 시-작의 불가능성에 문을 열어 두다니. 그럼에도 이는 또한 그의 행운일 게다. 철학자나 사회학자가 아닌 시인은 그 역설의 아이러니에서 흔쾌히 자신의 거처를 찾는다. 사건에 대한 그의 탐구는 "발목 없는 새"처럼 어떤 의미도 고정될 수 없기에 가능할 터. 어떤 정답도 주어지지 않았기에 "저마다의 길들"도 열릴 것이다. 해서 망연히, 그러나 기면 이후를 은밀히 욕망한 채, 시인은 펼쳤다 접는다, 손바닥을. 발목 없는 새가 남긴 의미의 자취를 움켜쥐기 위해. 불연기연不然其然, 어느 것도 확정할 수 없지만 정녕 허망하지만은 않은 무언의 몸짓이 여기 있다.

　　발목 없는 새가 손바닥을 쪼았으므로
　　저마다의 길들은 생겨났다

　　(‥)

　　발목 없는 새를 불러 손바닥을 펼쳐 보이는 일
　　손바닥을 접는 일

　　　　　　　　　　　　　　　　—「불연기연」 부분

나는 불이었고 한숨이었다

2022년 8월 15일 1판 1쇄 펴냄

2022년 11월 18일 1판 2쇄 펴냄

지은이   신준영

펴낸이   김성규

편집   김은경 김도현

디자인   신아영

펴낸곳   걷는사람

주소   서울 마포구 월드컵로16길 51 서교자이빌 304호

전화   02 323 2602

팩스   02 323 2603

등록   2016년 11월 18일 제25100-2016-000083호

ISBN 979-11-92333-21-2 04810

ISBN 979-11-89128-01-2 (세트)